倾听缪斯的絮语·中国当代唯美诗歌精选
韩少君　高长梅　主编

对天地之心的耳语

王久辛　著

九州出版社
JIUZHOUPRESS
全国百佳图书出版单位

图书在版编目(CIP)数据

对天地之心的耳语/ 王久辛著. -- 北京 : 九州出版社，2014.3（2021.7 重印）

（倾听缪斯的絮语 : 中国当代唯美诗歌精选 / 韩少君，高长梅主编）

ISBN 978-7-5108-2777-8

Ⅰ. ①对… Ⅱ. ①王… Ⅲ. ①诗集 - 中国 - 当代 Ⅳ. ①I227

中国版本图书馆CIP数据核字（2014）第041889号

对天地之心的耳语

作　　者　王久辛　著
出版发行　九州出版社
地　　址　北京市西城区阜外大街甲35号（100037）
发行电话　（010）68992190/2/3/5/6
网　　址　www.jiuzhoupress.com
电子信箱　jiuzhou@jiuzhoupress.com
印　　刷　北京一鑫印务有限责任公司
开　　本　720毫米×1000毫米　16开
印　　张　8
字　　数　92千字
版　　次　2014年4月第1版
印　　次　2021年7月第5次印刷
书　　号　ISBN 978-7-5108-2777-8
定　　价　32.00元

前言

诗歌之美源于自由：心灵的自由，精神的自由。

作为和时代同步的诗人，他们有着敏感的内心，用灵动、柔软、圆润、晶莹的内心亲近生命，感受光明，传递善良。诗歌写作，毫无疑问就是诗人内心的独白。写生命的开始和消亡，写河流，写大地，写一草一木，写细小的生命所散发的温暖。

诗人实际上是用作品还原事物的本真和他们内心的脆弱。

诗人大解似乎要通过诗歌表达忏悔和矛盾，确认人生在世，乃至宇宙中所处的位置。他精神向上，姿态低垂。他热爱拥有的东西，感恩生命、亲人，近距离触摸大自然。他一直叩问，不断追求灵魂的自我解脱之道，他是真诚的，也是谦卑的，他在用自身的体验对世界进行深度的观察和理解。

他的诗，在阅读上没有难度，不设障碍，但也从不缺少智性的留白，他像个耐心的工匠，从自己的角度向世界提出问题，每个人得到的启示不一定相同，答案却自留在了世界运转的法则中。

在当下的女性诗歌写作群落里，诗人李南有着自己独特的声音。这声音仿佛暗夜里的光，有温暖而悲凉的双重听觉，更有直入心灵的力量，这力量来源于她目光的向下和心灵的向上。

李南的诗歌充满温情的力量。从世俗熔炉提炼出来的优雅，感伤背景中掩饰的痛楚，形成了她个人特色的冷峻诗风，在描述现实生活的同时又不局限于现实，相对完整地把人生经验和艺术体验呈现于她的创作之中。

卢卫平对词语具有的尖锐而深刻的呈现能力，他从不回避眼前的现实生活，并从中提取真质而凝重的精神意向。他在诗中开辟了自己对观念的呈现和提升的特殊途径，赋予普通事物以诗意化的时代符号。卢卫平的诗作，对观念的确立和诗意阐释，体现出了他所具有的特殊力量的创造性思维和深入精神本质的超常潜能。

经历了多年的沉寂之后，韩文戈带来了一批沉郁的充满中年情怀的诗篇。一种更为谨慎的态度成全了他作品的厚度。

当生活经验与生命体验融合为一，韩文戈的诗穿越时间和空间，超越疼痛与隐忍，展示了一个成熟诗人对世事的感悟，其稳健的诗风也使得他的作品具有了经典意义。

琳子的诗直面现实，本真、质朴，有着鲜明的女性特征和觉醒意识。她善于通过简单的物象来体现人世的大爱大美，尤其是在表达母性和女性意识上，充满理性客观的思考。她还是那种善于在生死这个永恒的主题上发现美、抒写美的诗人。

起于浮华，超乎事态，韩少君的诗歌更具先锋性，他说他从事的是一项在场的叙述性工作，他的诗歌有广阔而深沉的背景，语言简洁，收放自如。韩少君善于从日常经验、个体的生命意识出发，寻找日常生活中的诗意和反动，在经验的世界之上感受另一种生命的真实。现实赋予了他诗歌的力量，也让他在这种力量中感受到自身的强大。他的很多诗篇充盈着批判的人文精神，在这种批判和看似无序之中，我们看到的是一个更纯粹、更可信赖的诗人。

王久辛一向保持着自尊与自强的诗人倨傲的人生态度，他或“以诗进入历史，出入战争”，“写得大气磅礴，狂放不羁，洋溢着浓烈的民族感情和人间正气”（诗人获首届“鲁迅文学奖”时高洪波语）；或借事言怀，借史明义，借景抒情，“表达诗人壮烈的人道情怀和悲悯意识”。王久辛更是一位在艺术探索上颇为精进的诗人，试图追求一种在艺术上经得起时代检验的诗歌语言，“追求语言的最大内蕴与张力，建构诗歌独特的审美空间，追寻意象的魅惑力”（文学博士谭旭东语）。

此外，张庆岭诗的成稳，高非子诗的清隽，90后代表苏笑嫣诗的青春活泼都各具特色，都值得读者的关注。

我们的工作是将这些作品呈现出来，希望给人以启迪，从而引发深深的思考。

目录

第一辑 致后人

第二辑 它的爱，及温暖

目录

第三辑 这一刻

第一辑

致后人

隐忍之光

——献给曼德拉

那幽暗，不，
那阴暗之潮比之漆黑的夜，
我是说：没有一丝一星光波的
墨色的潮水，吞噬了他。
他在庞大有如穹窿的黑暗中，
忍受海潮般的疼痛。

没有任何一块监墙的砖，可以分担；
也没有任何一缕风，可以吹散。
他的疼与痛。
他的被囚禁的自由，
他的被埋没的精神。
即使他来到了阳光下，
站到了山之巅，他的疼与痛

也依然被他埋没在心底，

那深深的渊薮之下

——他绝不让它们出来。绝不！

他让那疼变成煤，

他令那痛变成油。

他用世界上最美丽的少女的愿望，

来点燃人类之爱。

他仿佛在说：

自由是爱的翅膀，

我要用疼痛的飓风，

助她们翱翔……

他永远没有仇恨，

他永远拒绝抱怨。

他用克制，用爱，

将一己之疼痛彻底埋葬，

而将自由之上的爱，

刻在了人类灵魂的——骨头上。

致后人

没有先后　孩子

孩子　没有先后

你在我们的家里　是唯一

一双　能够看到六十年后

任何一个清晨的眼睛

你将最先看到

你的父亲　你的祖父的父亲

以及自你之前的　一代代父亲们

看不到的太阳

所以没有先后　孩子

孩子　你自信吧

绝对绝对　没有先后

孩子　没有先后

没有先后呵　孩子

对于真理的发现永远没有先后呵　孩子

父亲们

像蚂蚁一样散布于大地

稼禾　溪边的父亲们

如果你的父亲还健在

请你去摸摸他的脸

握握他的手　用你的回忆

去想象他的当年　当年

他瞪你他揍你　他吼你

他揪住你的耳朵要你回家时

那种蛮横无理　他有力量

也有精力　甚至他还有

几分的神气　嗯

亲爱的父亲们　如果你

不是他的儿子　就永远

不会理解这仇中渗透的爱

这恨中弥漫的情　那不是爱情

是比仇恨更深刻的亲浸
是亲浸到骨肉里的呵护
是骨肉里的眷恋
在行为上的　直接横移
是从来也不用去想念
却分秒也没有出离的
魂魄相依……

亲爱的父亲们　如果不幸
此刻　你的父亲已经仙逝
没关系　请把你的脸贴到墙上
或把双手　紧紧地贴到地上
要相信父亲会沿着泥土的缝隙
以一种清凉的感觉　亲吻你
双手的掌心　并暗示你

子子孙孙的　无穷无尽

都在这天地血肉的融合里

像夏夜星月中　那微温的和风

轻轻地环绕着你……

——父亲啊！

玉树的笛声

青青的草原上
可有美丽的姑娘歌唱
清脆的笛声里
可有小伙的一腔衷肠

四月连着五月
五月是鲜花盛开的季节
渴望的心　欢蹦乱跳
是否在期待迎亲后的圆房

笛声悠扬
沿着青草在飞翔
毡帽压眉
有两眼脉脉含光

姑娘哟　俊俏的小伙

期待着你　轻轻地

点一点头　你的欢颜

难道还在秀袍内深藏

青青的草原上

有排排新房

清脆的笛声里

有一腔衷肠在婉转歌唱

四月的桃花

沿着霞彩点燃的桃花，鹊翅
也不让我双目清闲。
剪断昨夜的雨丝，替代
暂未归来的大雁。

瞬忽间云空霓衫，遮不住
鹊眼的顾盼。该回来了吧
门楣红春联犹如响鞭，
而枝头灯笼在把喜鹊传唤。

春已归来兮，而思念犹欢，
那调皮的喜鹊，可把我心思看穿？
冲我叽喳，冲我眨眼，
莫非桃花泄露了我的心愿？

清清护城河，有细柳拂面，

倒影红墙边，有喜鹊翩跹；

老人晨练，孩子撒欢，

乡女蹬着三轮送来清泠泠的蔬鲜……

伊在天边，天边不见归来的大雁。

满院桃花下，更有黄蕊点点。

还不回来吗？艳阳万里，

蜂蝶嗡嘤翩翩，已经不远……

致幻六章

桎梏

逼你发芽
逼你把头发长到天上去
逼你把心花开到九泉下
逼你承认公正是不存在的

它看见了说它没看见
你的所有努力都在证明
你在牢笼中
而并非人间

粗粝

开始被惦记了

开始成为幻化的齑粉

如果珍稀　如果昂贵

就更被梦绕情牵

犹如尤物

色狼一群一群

像大浪淘洗的礁石

把你磨成卵石

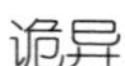

诡异

咖啡色的墙　堵着咖啡色的想象

有人要从想象中逃出来　从咖啡色

逃进墨绿色　想得到美

谁同意了　红色同意了

还是黄色答应了　我不管七色的事

他们也别管我声音的事儿

我的事儿在咖啡色的墙里　潜伏着

没有风　有风也没关系

也别走进我心里　我心里装着

你的想象　你们的想象

我知道　就是诡异的想象

在我的想象之外

颓靡

那一摊的新鲜被勃起的肮脏淹埋

大海也没有办法阻挡

它势不可挡的强悍

它忍无可忍的疯狂

南海观潮

它的气急败坏比潮更放肆

而昏迷　却被当作了安详

逃匿

故乡早已没了亲人

真正的亲人埋在地下

你回去吧

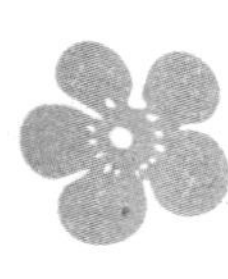

你地下的亲人会对你呼唤

会说:挺直了　别趴下

会说:忍住　忍住了　就快乐了

你的快乐在你心里奔走

你的心在故乡

而故乡在你的快乐里奔走

告别故乡告别快乐

而快乐的故乡在地下把你呼唤

它说:站住

站在那里　那里就是极乐地

它说:别走

停下就是目的地

你藏起来的时候　它发现了你

你冲出来的时候　它找不到你

你思考你浅薄　你浅薄你博大

白痴的哲学　智慧的深渊

致幻

充实之谓美　美可致人于幻

不能致人于幻　不可谓之美

美即幻之通体输入直至双脚之指兮

双脚之指被幻所注如入无人之境兮

何人能如此之注耳　孟子曰：

充实　充实打个饱嗝就行了吗

荒唐　致幻始于声色之诱耳

而声乃色引之　致其幻耳

标志

他懒得理睬　懒得抬一抬

并不沉重的眼皮　懒得直视

与心里的算计矛盾的任何风景

懒得说话　懒得与草芥般的人应答

懒得管闲事　那些家长里短

烦死人啦　甚至懒得去想爹啊娘啊
更何况姐妹兄弟　他绝对不是
精神贵族　他没有那么高贵的品质
而且也没有那个境界　他所钟情的事物
与欲望有关　是欲望的金达莱
而非精神的金苹果　所以他懒
为自己而懒　懒得舍弃了所有的人性
与人情　只剩下了——贪婪

因此　你不要说你为他好
他的梦和他的贪婪　与你何干
与你的迂腐何干　你没事儿找事儿
我知道你不是看笑话　但笑话包围了你
你竖立在那里标志着什么　谁会一语道破
说——那是堕落的标志　而即使说了
又与你　与我的笑声何干

唐山诗笺（三章）

南湖印象

深夜　我踩着薄薄的月辉独自漫步
觉得你就像那轮月亮　怎么会是湛蓝的呢
你湛蓝湛蓝充满深情　月亮也湛蓝湛蓝
沉在湖心　你和月亮一起
沉在湖的中央　沉进我的眼底
心里　尤其是那光芒
你或月亮　竟然都放射着蓝色的光芒
深秋了　没有一丝丝儿的凉意
深蓝的月亮和你　让我如沐霞光春风……

曹妃之甸

真幸运　她竟然在大海边获得永生

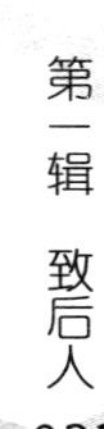

是谁的妃子已不重要了　她可以

是李世民的　也可以是唐朝的

更可以是汉代的　当然也可以是你

或他的　而我呢　当然当然

她绝对也可以是我的妃子　为什么呢？

因为她让人一旦想起　便与爱情

紧紧相系　便让人遥想美丽

遥想伟大的真诚　嗯

她绝对是我们人类共同的妃子

更何况早已没有了　皇帝……

真幸运　她竟然在大海边获得了永生

题李大钊纪念馆

我看见了铡门　像螃蟹的钳
像蝎子的爪　并且都放大了
放大了几千几万倍　巨大的邪恶
与专制　张着血盆大口
青春　写下不朽名篇《青春》的李大钊
则像滚烫彤红的钢锭　方块般的金橘
冒着烟　闪着光　放着热
我听见黑色的铡刀咣当一声　断了

谁断了　这是一个有关精神的提问
而滚烫彤红的钢锭　却变成了太阳
缓缓上升　并且越来越高
越来越高　高过了二十一世纪
并且一定会漫过二十二世纪　是的
这么一个沉甸甸的回答:什么是青春

大钊说　用三十岁的血

浇灌的生命　青春永恒啊……

我信,不管你信　还是不信

致抚顺（两章）

（一）

你们把尊崇的心掏出来
一颗一颗　垒铸起一座丰碑
幻化成一片花园　你们把人生
成功的标志　定位给人的品质
美德——所以拒绝总统
包括比总统更高级别的权力人物
拒绝金钱——包括比亿万富翁
更富有的显赫贵胄　你们
固执地认同平凡中蕴含的力量
普通人行为与言谈中闪烁的精神
你们甚至把目光放在外来的
贫苦的孩子身上　只要他们内心
充满了爱　充满了朴素的真诚

与善良　充满了对日常生活的酷爱

对渺小百姓的　全心全意地呵护

你们就把尊崇献给他

而且教育子子孙孙

都要像他那样对待人

对待生活　对待工作

你们以最低的标准

实现最高的境界　你们坚信

每个人只要都像他　世界

就永远美好　是的

我来了　看了

感受了　我认识了他

——雷锋

当然更认识了抚顺

这个给亿万国人奉献了

一位春风满面的英雄的　城市

这个城市以美德来衡量人的价值

这个城市以品质来看待人的成功

这个城市提醒我们大美属于人的心灵

这个城市指引我们快乐与幸福

属于无声的奉献与奉献后的　安详与宁静……

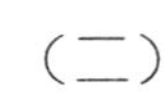

（二）

你们开启运门进启运殿登启运山

然而却把尊崇献给平凡

难道平凡定可光启宏图

肇兴帝业　开先裕后

玄机蕴于普通与平凡之中
东西南北辽阔无边
所有的生之智慧终至血肉之中
涌流奔腾　循环往复于
每一个具体的血肉之躯
你们不是满文的你们
当然更不是汉语的你们
你们属于一滴滴的血
属于一寸寸的筋　属于一厘厘的骨
你们尊崇平凡与普通
所以你们溶于大地　被大地的草木
汲取精华　所以你们溶于蓝天
蓝天沐浴　被太阳普照
被月亮轻拂　你们无声到宁静般的
生长　与万物同兴而生机勃勃

与江河同腾　而万古不朽
即使没有努尔哈赤　没有排山倒海的
铁骑万乘　亦同样一统天下
启运于不废的日月星辰
寒来暑往　启运于默默的生息
无视富贵与金顶　蔑视贪婪与自私
你们的心垒成了山　而山门
就高耸在心头　正殿就端坐着
公平和正义　由此
我理解了你们　知道你们为何
将雷锋尊为全城人的楷模

因为当所有人将平凡视为伟大
那么所有人就都是伟大的尧舜——
包括这座城的一草一木
这座城的　点点滴滴……

鲅鱼素描（两章）

（一）

橘色的曙光划一条弧线

一条弧线绕一个圈

渔歌撒网　彩霞扑面

鲅鱼在欢乐的畅游中

欢蹦乱跳出一片

碧蓝映照着的　蔚蓝

蔚蓝下　鲅鱼穿梭

一片片　一片片深海的风景

在人肉眼看不见的碧蓝中

闪游　飞翔

似隐身侠雕的飞镖

嗖嗖进击

恰无形神侣的回首

出鞘亮剑

鸥跃　鹰击

在深海　在梦一般的珊瑚边

鲀鱼圆睁怒目

沉雄　冷烈

逡巡在哑默的碧透里

一群一群　比荒原上的狼

更孤独　它们游不进

彼此的心　彼此的心

更无法预测　明天的噩运

在这里　在大海的最深处

生与死　互相转换

你进入我　我进入你

你在我的明天

我在你的明天

明天永远令人不安

明天永远让人胆寒

鲅鱼 冷血的精灵

凶残的 大海里的剑齿虎

在深海

在物竞天择的 生物世界

你不可能不是 我的 盘中餐

不可能不做

我兄弟姐妹的 饺子馅

然而 当我写着你时

却深深地感受到了

生命的凄凉与艰难……

（二）

长者叹息　罢了

罢了　一切都罢了

幼子伤悲　余一截人生

由孺子独闯风雨

自己却　咽气

休息

罢了　长者弃世的余音

招回了打鱼儿

罢了　罢了

鱼罢了　罢了鱼

鲅鱼也罢了

罢了鲅鱼亦无法换回亲人

而我却由此望洋兴叹

叹瀚海浩渺　连天济日

嗟翔鱼成群　结队拍岸

隔一程水　连一片天

天上人间　罢了

罢了　魂魄相见

罢了　罢了

鲅鱼层出不穷

层出不穷的鲜活　而长者老迈

撒手人寰　孺子汪汪泪眼

泣不出　那心底那

声声呼唤……

我们的春天

我们的春天从我们热爱的一切
走来　就是在最冷的时候
我们也热爱着阅读
热爱着炉子和暖气
热爱着不曾握手的先人
和先人那看不见的　深刻的思想
热爱　热爱我们尚未弄清的未来
热爱未来那猜不透的心思

我们的春天
是从我们热爱着的一切走来的

第二辑

它的爱，及温暖

题黄鹤楼（两首）

（一）

沿着崔颢的黄鹤楼
我拐进了李白的黄鹤楼
没有敲门　便进了贾岛的黄鹤楼
他们统统才华横溢　妙语如珠
令我云遮雾障　不得要领
唯岳飞的黄鹤楼像我
或我像岳飞　他说：
何日请缨提锐旅
一鞭直渡清河洛。这气势
恰似毛泽东的黄鹤楼
一桥飞架南北
让我与大英雄两心相通
他又说：归来再续汉阳游
跨黄鹤。乖乖

英雄再世　诗人重生
我欲披坚执锐　再上征程
却是过了唐宋　又漫了明清
魂附于我又如何？

（二）

幽坐崔颢楼里
细品陆游　再品范成大白居易
刘禹锡　还有王维　宋之问
真真　一只黄鹤
龟蛇　两座青山
弄得楼外烟雨迷蒙
我却偏爱毛泽东
偏爱岳飞的黄鹤楼
楼里英姿勃发　禁不住

剑光如火　胆气似牛

志向万里长江　横渡

把酒临风　楚天一览

满目辉煌灯火　顺江漫游

谁说　诗无达诂

难道这不是英雄气魄？

伎俩　勾心斗角

勾心斗角　勾成这角

斗成这楼　犬牙交错

极心焦虑　终成这精雕名胜

千古风流　万世流芳

不读崔颢不知李白还魂

逝者如斯　依旧烟雨迷蒙

两江齐心纠缠　遂成一轴长卷

命我抛却这情　忘却那忧……

三苏祠拜竹

东坡曰：门前万竿竹，堂上四库书。

竹在东坡心里，是神是灵，

是他诗之魂词之魄，是他心之所属，

情之所系；是他生之仰仗，

死之慰依。故嘱其弟，

曰：吾殁，葬于竹下。

意谓化竹以全其身之节操，

赋心于形以昭其志之高洁。

先圣少年猛志，锋锐如笋招惹奸佞妒恨，

屡进屡挫屡挫屡进，终至大江东去。

祸不单行，妻妾夭亡伴凄凉仕宦姻亲，

平生好友避之如森，无一字抚恤轸怜；

不思量，恓恓惶惶自难将悲欢遗忘，

故国神游，幸大丈夫自有雄豪气满腹，

天良有知，云锦铺彩缠绕佑文魁，

羽锋挥，淋漓处尽是遗世独立不朽华章。

庚寅四月廿四，吾与诗友虔敬拜谒，

果见三苏祠内茂竹摇曳，累叶幡张。

我心下跪，双目诚恭三拜九叩魂绕苏宫，

此乃今生万幸，永受涵养。随默诵道：

东坡之神灵，乃小生之魂魄，

东坡之所属所依，乃晚辈之厚基深坛；

先圣阳宅阴府皆遍植劲舞之高洁，

吾之筱鼠敢不义无反顾法仙哲之风骨耳？

初夏的菡蕾

碧波　少女的眸
漾着　涟漪着
眸中的　荷
亭亭玉立的　腰
晃着　鲜润润的　唇
抿着　似紧紧合抱着
花瓣的　菡蕾
让你猜呢　她
何时轻启　何时
微绽　何时
任管不住的　芬芳
到处　招蜂惹蝶呢
仰着头　她
调皮地　摇着
比快乐更像单纯

比娇艳更似天真
连忧郁　都嫩嫩着呢
却怨着　无情的风
不来　拂她的蕊呢
眸中的泪　盈莹着呢
我说　快看
蜻蜓　落头上了
她　终于
现出了　笑眼儿

菡蕾　似少女的唇
紧紧地　抿着……

怀念萨马兰奇的鼻子

如果仅仅挺拔和高耸

或高耸与挺拔　那还不具有

美学意义　还只是一种

生理现象　而不是精神象征

他的高耸表现在他高出整个西方

包括美洲　都不具有的高度

而他独有　他的挺拔

更不同凡响　远远超过了

所有偏见的目光　洞穿了

无视的表面　直抵

灵魂的本质

且剥开坚硬的壳儿　让这个

本质之核——中国

露显出来　不　不

老萨是将核儿捧出来

像捧着绝世之瑰宝

并呼吁　对全人类呼吁

你们看　你们睁开眼睛看看吧

这个崇尚和谐的民族

这个新美如斯　无与伦比的

人之绝种　你们

为什么不喜欢

为什么歧视她　是恐惧

还是狭隘自私　或愚蠢

嗯　有点浅薄　还有点无知

我　萨马兰奇

和我的鼻子　坚定不移地

认定她　对

就是拥有五十六个民族的东方古国

她——难道不是我们的民主

和自由　科学和人道

最最需要接纳　拥抱

并融入其中的　精神故土吗

你们闻　你们闻

闻吧　哦

萨马兰奇　老萨

我怀念　你的鼻子……

它的爱，及温暖……

——写在上海世博会开幕之前

对于近年来频繁不断的天灾巨难
这安慰与鼓舞实在大得无边
即使回溯一下
一百五十九年以来的历届世博
今天的上海，也无愧于世界
而理所当然地
彪炳为人类智慧的峰巅
它博大，因为它海纳百川
它高超，因为它毕至群贤
不要赞美　更不要歌颂
所有空洞与浮华的辞藻
所有矫情与浅薄的流韵
都显多余。作为诗人
且任我闭合双眼

回想一下近年来的天灾巨难
带给人们的伤痛与悲观
就足够了，就会理解
这世博灿烂的智慧
所展现的希望　有多么宝贵
它是温暖如火山的安慰
它是鼓舞如瀚海的巨澜
它是江河湖海对大地的润泽
它是雨雪霜露对人间的依恋

我不一定有时间亲临世博游览
但已深深地、深深地感受到了
它的爱，和温暖……

伊敏河长调

风不吹草不低　也可以看见牛羊

牛和羊在草原　根本不理睬风

风是什么　它和伊敏河不可同日而语

虽然都透明　都将日光和月光过滤

却是大异其趣　大相径庭的不同品性

而呼伦贝尔不同　伊敏河更不同

她们妖娆丰腴的原野在鲜花的彩裙下

喷放着奇异的芳香　那是少女的腰肢

她的扭动与蜿蜒令所有的观光者　心动如潮

恰如花的伊敏河对草的呼伦贝尔　一见钟情

那不是月光奏鸣曲　是洁白羊群铺就的音符

飘动的白云很低　像歌声在耳边荡漾

你来了肯定要进帐蓬要喝奶茶　那蒙古人的厚诚

便如那牦牛的耿直——坚执请你吃肉陪你喝酒
为你浩吟长调　令最美的妻子和女儿为你歌舞

优美　从内心最深最深的祝福中涌来
即使你满眼泪花也不能表达丰富的感动
月亮升起来了　伊敏人的回忆像满天的繁星
他们讲述着地窝子里　那盏油灯的故事
犹如讲述祖先创业的光荣和后生无尽的憧憬

那是每一棵小草生长的理由：为了牛羊
他们甘愿被嚼成汁化成血液　在茫茫草原
那牛羊的周身奔腾——那是草原大美的光芒
一条河：在草原写下春秋写下伊敏人的传奇
一片海：在呼伦贝尔的雨后再现瑰丽的彩虹

小井庄

我觉得，人们应当这样来描绘小井庄。这样描绘才与真正的小井庄相符，才符合历史的记忆……

——题记

当时的天空艳阳高照

赤地无水　禾苗枯死

而人口渴难耐

急得抓耳挠腮

捶胸顿足　但是

没有水　真的

一滴水也没有

像没有一粒粮食　饿啊

像渴啊　渴啊

像饿啊　孩子的眼睛

已经快要干枯了

连哭泣都没有泪水

没有泪水的哭泣

连声音都发不出来了

因为干渴渗入每一根神经

每一根神经都布满了干渴

你哭一哭试试

你一哭　就痛

就痛的让你两眼往心窝子里剜

你的心里没有一星水沫

一星水沫

就可以让你苟活一天

可惜没有　真的没有水

每一根神经里

都是干渴的疼痛

都是要命的　最后的渴盼

水　水　水

水啊——那渴盼

才是人们真正的渴盼

汉语无尽的内涵

庄子里的党员忍不住了

要挖井　是谁说

不能挖呀　那是资本主义

那是要坐牢的

那是要杀头的呀

不能挖　不能挖

千万不能挖啊——但是

二十二位党员

冲到了挖井的最前边

硬是挖了一口井

于是　水来了

人活了　庄子富了

于是　小井变成了小泉

小泉变成了喷泉

喷泉变成了小河

小河弯弯变成了大河奔流

流啊　流啊

大浪惊天席卷神州

就这样　大家一起

走过了艰难的从前……

想象自己在二〇〇八年奥运会开幕式上的诵诗

莫要说这一瞬浓缩了中华民族五千年的梦
五千年的梦没有这么轻盈也没有这么沉重
它一闪便覆盖了所有的江河湖海
连同五大洲四大洋都被它深深感动
甚至草孑甚至流萤都为它摇摆为它晶莹
它如此之轻盈如此之轻盈又沉重
一开启便揭开了东方古国所有的面纱
连同夏商的金鼎与周秦的钟磬
甚至晚清的暮鼓与四九年解放的歌声
都为它憋闷的沉郁而迸发出号叫般
闪耀着珠光宝气的热泪纵横……

即使你不动容你也不会无动于衷
我知道为这一瞬你早已把所有的想象掏空

找遍唐诗宋词也找不出几粒

能够表达此瞬辉煌的精灵文字

全世界的语言汇聚也挑不出几颗

能够撞击人此刻心灵的酣畅流韵

屈辱太甚啊故骄傲的内涵丰富比海　深刻如渊

含冤太重啊故自豪的激情庞大如山　密布似云

我不是不知道今天是中华民族共同的生日

我高兴我幸福但我更知道:一个巨人的诞生

所包含的所有疼痛　才是它真正的光荣……

高贵的爬行

——献给抢险救灾的人民子弟兵

你的心感应到了地层深处的心跳

地层深处爬着你勇敢的心跳

你的心跳顶着坍塌的危险向另一个心跳

靠近　每一寸里都包含着瞬间的生死

每一秒钟都与瞬间的毁灭相接　你的心跳爬着

怦怦　怦怦的心跳伸出有力的双手爬着

劲健的双腿蹬着　爬进随时会毁灭的魔窟

你的心里有一个心跳的声音吹响进军的冲锋号

金色的音波把地狱照亮　把另一个希望的心跳

照亮　微弱的心跳在你顽强的心跳中

像《命运》的音符在跳　在地层深处跳

那是生还的希望在跳　那是救人的信念在跳

你义无反顾　是爬进地狱抢险的勇士

你出生入死　是冲入魔窟救人的英雄

你爬着爬出满脸的泪　在地狱的边沿儿横流

你爬着爬进渴望的眼睛　在魔窟的深处张望

你爬着爬成勇敢的诗　爬成无畏的音符

把救人的爬行　变成对人朝拜的神圣

也把自己的人生　爬成了高贵和永恒……

致云台山水

哦，云台
我必游遍你的山山水水
你的山山水水必然会留住我的心吗

嗯，你的碧水清漪令我想起一位少女的明眸
清澈的明眸，她的昳丽让我终生牵挂至死难忘
云台的碧水啊，我恨不能把你一口喝干啊
你信不信，你信不信
我的梦我的渴望已开启了丰润的巨唇
那一夜，那无数个日日夜夜啊
我都在渴饮你的粼粼碧透，你的甘之如饴
你的浪笑一般的波澜啊
在我的梦里，在我渴饮的欢畅里奔跃逶迤
你风情万种的媚眼儿在我万种风情的心里
犹如暗夜的火炬般在我的心中燃烧

而你流光溢彩的裙裾又如火炬的舌焰
在我的心空扭动着少女般的腰肢
媚惑的腰肢啊，照亮了我怦怦狂跳的心
透明的心，向往的心赤诚的心啊
伴着我的迷恋蜿蜒在山涧迤逦的碧水中
舞动着欢跳着笑靥明丽的魅人的高洁啊

哦，云台
我必游遍你旖旎的山山水水
你的山山水水必然容留我多情的心儿吗？

老百姓要那么大的胸怀干什么

跑马

开飞机

任想象的子弹击穿岁月的玻璃

盛装不该盛装的幸福

还是承受不该承受的苦难

包括战争的废墟

和心灵的创伤

以及意外的灾难

和想象不到的　难上加难

等等　等等

并且不曾出声地忍耐

并且咬紧牙关地怒目圆睁

我心飞翔

如果我双手合十

把泥土当作碧波

一个猛子扎入泥土

便能在大地的深处

像雄鹰般展翅飞翔

——那该多么的幸福

我幸福地飞翔在泥土深处

与土豆、地瓜

与大树的根系

与地下的河流

与火山底下的岩浆

等等等等

擦肩而过　或者

热烈亲吻

——那该多么的幸福

我幸福地飞翔在泥土深处

与死去的亲人们

与死去的先贤们

在泥土深处聚餐

来——尊敬的三间大夫

请受晚生薄酒一杯

为您虽九死而终不悔的忠贞品格

来——敬爱的李太白先生

请受晚生仰慕一拜

为您天子呼来不上船的潇洒清高

我们在地下相会　或者

英雄相惜

——那该多么的幸福

想象的幸福真实而美丽

美丽的幸福皆源于心间

听——那不是鹰的翅膀

而是心的飞翔

旗帜

最初的旗帜与我们脚下的土地，
是同一种颜色。它被一群
又一群，至纯至洁的人们，
用心中珍惜的理想的光芒，
搓洗得洁白洁白，直到洁白得
耀眼如银。才又被这些
至纯至洁的人们，用自己抛洒的
鲜血，将那洁白的一寸一厘，
一寸一厘地浸透染红。
旗帜啊——

第三辑

这一刻

立场之鼎

想象它飘落而且飘落得很慢

应该是很慢的　我相信

所有的立场之飘落都肯定是

很慢的　我知道　他们原来

都心情沉重　后来放弃　后来

彻底放弃　于是才开始变得

轻松　变得春温秋肃夏懒冬眠

我知道　怀揣一方巨鼎的滋味

挪动的念头可以有　但不能实现

躲避的想法可以生　但不能动作

分量大于自身的千倍万倍

想象弥天　可以坐穿地球

但是不能动　不能与亚窦方罍相比

立场之鼎如炼狱之火

而你的子子孙孙将生命点燃

将所有的快乐和幸福点燃
你胸雄万夫你断脰破肚　你使
你自己危机四伏　四面楚歌
你无悔　你无悔的眼中噙两束
流水　一条流作黄河　一条流成
长江　你汹涌澎湃
你汹涌澎湃于你自己的心间

我默视你的铁枝铜杆　默念
你身上的大篆小篆　关于青铜时代
关于晚商的亚窦方罍　我说
都不及铸鼎的现实意义　铸啊
铸啊　所有失去立场或者无所谓
立场的人们　都是幸福的
所以他们无视鼎　蔑视鼎

仿佛这沉重的历史和现实不曾有过

仿佛大地欣欣向荣

而我却是一个睥睨现实而珍视

历史的情人　我不说人话

我在地层深处与鬼神交

为它们的冤魂而泣泪于今晨

我呼鹰唤虎　我召英聚雄

我说　铸吧　铸吧

为所有无言的立场铸鼎

为所有痛苦的灵魂铸鼎

鼎呀　铸啊　铸啊

都市晨兴

梦影随晨光升入灰雀翅上
脚蹬三轮的卖菜少女一脸稚气
可人的妩媚之光　汗珠上
晨光钻入钻出　行进
晃动　一个行进晃动的霜洗之女
茸茸的蹬着三轮　口喘芳香之气

仿佛　仿佛她浑身上下的脉管之中
都在呼吸　我无法想象
无法在其脉中而不随她的呼吸
怦怦心跳　怦怦心跳

红太阳

红太阳如野蟒挥舞缠绕
在呼啸的列车轮下　呼呼呼地
翻滚　一往无前地翻滚
翻滚的红太阳在大地之上
啸傲着闪过身边的白杨
一片一片的白杨　在伫立的凝望中
感受着车轮上　越来越红的太阳
红太阳　红太阳在我们的眼里
如火轮奔走　如哪吒飞跃
红太阳　我们心灵深处的红太阳
你走　你带着我的梦走
带着我们的苦难走　走
你走啊　你挥舞着野蟒般粗壮的光芒
你的光芒　如野蟒腾挪般轰轰烈烈
在蓝天下灿烂成自信的目光

目光　目光　目光　亿亿束
柔柔美美的憧憬之目光
交织出打捞红太阳的纤索
托举起红太阳的巨浪
拉哟　拉哟　拉出一个红太阳
举哟　举哟　举起一个红太阳
在我们心中野蟒般粗壮的道道光芒
正在漫舞　并将冲出心房
像奔走的列车般呼啸向前

远行

了却此生的念头在塔尖上迎风招展
死亡是因了强烈的自爱　而活下去
顽强活下去的念头　则是放大自爱
证明意义的不等式　仍然迎风招展
仍然我行我素　仍然在疯狂的阴谋中
勇敢前行　这是在黄土地上的前行
这是在老庄的犬儒杂烩中生存的智慧
这是武大郎的智商晋升于无为之境的
动人说辞　我还要说什么呢
我还要说什么呢　既然我决定前行
既然我坚信时间　那么我所有的前行
都是我骨髓深处的冲动和意志
谁能阻挡

盘坐

盘坐在心的缭绕之上为心之盘坐而闭目
心室洞明双目漆黑望见欲绝的尖叫拐弯
冲不出去的理想在理想的屋宇　毅然
回首且未撞见旭日东升霞光万道　欲绝
欲绝的理想在理想的屋宇默默盘坐至黎明
黎明鸡啼喷出霞色的斑斑血红自胸口沉入
心底　心底上盘坐着缭绕之上的尖叫
欲绝的尖叫令聋哑人泪流满面泪流满面

撰主

撰主目前尚在你的掌股之中被你把玩

让你把玩直到撰主被你把玩得灵魂出窍

并在你的灵魂与杂语之中咀嚼出甘甜

咀嚼出拥有巨大财富的狂喜之后的沉默

你把玩沉默　你的胆量使你的撰主获得

无声的深刻　撰主无言无言的撰主说

沉默啊　我一生的慷慨赴死就为着寻找

这一个你无法替代与描摹的——沉默啊

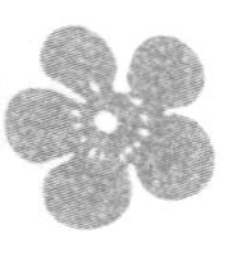

这一刻

这一刻你默然地笑了　一排皓齿闪耀着

红唇之后的整齐与洁白　真的

你笑了　整齐与洁白的皓齿说你笑了

我知道你的笑容没有被任何人看见

你笑着自言自语　你笑着默不作声

一如你红唇之后的整齐与洁白

无须出声　那生动　那美丽

我坚信　即使无声也仍然能够感染我

还似当年又胜似当年　这一刻

这一刻浓缩了你全部追求的　全部的美丽

在我的心上悄悄地闪过　这一刻啊

谢幕了

谢幕了　多少人的多少汗水为这肢体的
语言　流转于人心而默默流淌　默默流淌
为你鼓掌　为你热血沸腾　为你灵魂颤抖
——无疑与表演与卖弄相似　我知道
你站在舞台的中央　双眼含泪
仿佛盈盈欲出的波光接纳了太阳
全部的光芒　仿佛芙蓉初绽
仿佛红蜻蜓铤而走险　仿佛
我的到来　是深夜对黎明的呼唤
这水中月哟　这月中水哟　这水月融合
这融合水月的叹息　是多么的纯净而碧透啊

谢幕了　诗意的追求与追求的诗意
至此告一段落　像脚下踩着的提琴齐奏曲……

长眠的人们

我没有一刻不是在你们

上百年前的想象中生活

没有一刻不是　没有一刻不是

你们知道不知道　你们爱着的

大自然与亲人　和与我无关的所有

向往　所有让你们付出汗水

劳累与思考　和忧伤的事物

都在我的此时此刻的　心中闪烁

我知道古老的爱情

它也是爱情　并且绝不比今天的爱情

复杂　它在我的美好的愿望深处

轻轻地吐放清香　我不知道

我为什么喜欢替古人担忧

为消逝了的佳人悄悄哀婉

我是否爱着几千年前的一位丽人

我不知道　我在社会主义的大街上

寻找衣着古朴的情人　寻找

一缕月光所包含的情绪

在什么也找不到的时候

我不知道我为什么会害怕宁静

宁静为什么会对我做出恐惧的表情

我不知道　长眼的人们

你们在我未来的向往之中

我不知道你们是怎样的复活

只是在此刻　在此刻

你们拽住我的目光

伸展不死的　各种真实眼神儿

根之围

根之于泥而泥于根之围
我之围是一根又一根舌头
和舌头翻卷的柔软体操
和柔软体操之后弹片落下来的声音
是声音袭击我的泪水
并使我泪水中的皓月与繁星
泛起粼粼波瓦　我站在我的泪之湖岸
凝眸　默想　有一个顽强的声音
开始生根　开始在我撩起的水花上
闪烁刹那间的幽默　闪烁无声的色彩
我站着　对自己自言自语
而那声音的根茎　那根茎
却在空中飘浮的风叶中乱窜疯长
使我想起它们来
就想号令三军　就想排山倒海

就像从奴隶到将军那样

咬住牙关　不出一声

不出一声　咬住牙关

在一根又一根舌头的　我之围中

忍受隔膜　并且一天　又一天

隔膜源自舌头之桥　我拒绝走过

拒绝接受人为的风景

在根茎之末梢神经　我常常激动于

最平凡最普通的　一件静物的纯净

骨头

你早该来了　你来吧
天地玄黄　骨头
骨头　日月洪荒
你来我仍然在此
仍然坐在写字台前
读朋友的诗集
读你在我心头留下的遗憾
读一种咬嚼不碎的骨头
天地玄黄　骨头
骨头　日月洪荒
你早该来了　你来吧

灵魂之华

我拒绝忍受的痛苦是我至今

仍然心向往之的一种陌生的境界

那里大草横着生长

土地抖抖索索

山摇摇晃晃

而水如利剑　浪笑于地层深处

我的真诚呵　上帝

在我的痛苦之中昏昏欲睡

我不理解误会

也不理解仇恨

我认识的爱情钻进我的灵魂捣蛋

我平静的日子

在往事的回忆之中描绘峥嵘

被自己的脆弱伤害

被自己的坚定感动

憎恶敏感

痛恨麻木

左闪右躲的时间歼灭了率真的灵感

我拒绝忍受的痛苦是我至今

仍然缅怀着的一年又一年流失的阳光

它们像我的热情一天比一天冰凉

它们渐渐进入风的纹路

承受越来越深沉的慨叹

我的血性呵　上帝

在我的忍受中越来越光芒四射

首先理解沉默

尔后认识等待

我看不见的未来在梦中闪烁

我骚动的生命

在四肢的运动之中愈呈强健

笑看术士卖弄

冷眼狂徒吆喝

我向往的一种绞杀是不动声色

我进行的一种战斗是视而不见

来吧　我只需将眼轻轻一合

我拒绝忍受的痛苦是我至今

仍然心向往之的　一种陌生的境界

人们吮吸的永远是灵魂的汁液

我是首都北京扔在大街边的
易拉罐金属盒　我被无数人扔
被无数张涂红的嘴吮光体内的液体
我的灵魂　我水状的灵魂
你知道不知道　我的诗
你知道不知道
人们吮吸的永远是灵魂的汁液
而不是你躯体的形式

我因此当啷地闪烁了一声金属的颜色
闪了一声贴了商品标签的眸子
你看　你看　我让你看我的躯壳
被无数人扔掉的事实

不行

有的时候　这两个音阶至高无上

金光万丈　在最深的泥土

和最远的地平线　它金光万丈

像追求爱情的哭泣　真挚

动人　一闪一闪

闪进梦的拐角　并进入坚定的钢铁

钢铁砸在地上

留一个坑　一个无言的不行

不行　不行

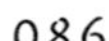

勇气没来的时候　怯懦

并且接近猥琐

接近耳光子抽不醒的酣睡

不行因此备受折磨

备受折磨的不行也为此更加明亮

在勇气尚未到来的时候

它高贵的头被捺着

而更为珍贵的思想随即诞生

不行　不行　不行

谁在梦中顽强地呼唤

像一柄捅进心脏的匕首

在穹隆的深处　闪耀最高贵的光芒

谁？不行　不行

勇气推出的是这两个音阶

而思想推出的是无畏

不行呵

你不幸被稀有的热血又一次说中

热血流程（三首）

古诗境界·从军

弓脊

时间在瞳仁里流泻

月光的瀑布

挂在白头母亲的嘴角

月亮下

空无人迹的村前

狗咬着枯树枝头的乌鸦

不忍离去

抽泣声飞出耳膜

盔甲上的红缨子

摇晃。风

一动不动地吟唱

踏上揪心的路

迈进死不瞑目的谷

揣着悲愤

牙碎如粉

顾盼流进金色瀚漠

无声无息

唯英勇之姿曝光

显影于无人之境

疆土永固

国泰民安

尸骨倒毙于阳关门外

思念于布衣人心间冲出平原

没有一座峻岭

不配备一架鞍鞯

没有一颗星星

不磨亮一角铜戟

渴望牺牲

憎恨埋没

浪笑于刑场最是甘甜

我在两千年前的梦波里

看见一群军人

他们被风沙掩埋

只露着一团发髻

论持久战

八面有黝黑的枪张着嘴

夕阳残照

惨景于幻翅上起飞

隐忍作地下江河

汹涌奔放于视力不及的蚯蚓体内

蠕颤　转体一百八十度

爆发力无声无息

进而跃上生命之树

俯视大地

一片辽阔的苍翠

时间于枯荣之中

雕刻山的峥嵘

看云　看星　看自己爬动的足迹

一张讨好的脸

似泥土

埋着地雷

横飞的弹片削铁如泥

但地雷战　需要等待

有诗云

苦苦的，是等待

甜甜的，是等待

等待一颗雷

炸碎万恶不赦的等待

沉默的是轰鸣的

危险的是安全的

我寻找

无言的对手

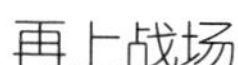

再上战场

再上战场

显得沉着老练

恐惧撤退

渴望不紧不慢

我觉得

你已经是一位老兵了

子弹即将飞来

在心壁隐隐回响

花蕾　只在特定的时刻

盛开真实的笑容

敌　人　在　哪　里

反正会出现

反正会红着脸羞赧地望着你

反正拥抱的时候

不会像上次那样

战战兢兢

抠不动扳机

射出那一串白炽的子弹

来吧！你在心里高叫

上次鏖战没有牺牲

说明没有被人恨死

没有与炸药包内的感情同归于尽

你焦躁不安

说，不在战场上冲锋

算什么英雄

我深深地理解

你骨子里窝藏着的

那只好战的猛禽

在无可奈何的等待中展翅

在严酷而又冷漠的高处俯冲

大地上的植物都在暗示

战场即将出现

敌人即将出现

你像一位身经百战的老兵

抬腕看表

然后向厕所走去

惋惜之末（组诗）

三十二年来的某次失神

三十二年来三十二年来
三十二年来我就沉浸在三十二年里
没有出来　没有出来

三十二年来我第一次想到死亡的时候
正在自己的大腿上作画
画一柄利刃切开胸膛
使胸膛赤身裸体地敞开内脏
我看见了我画出的心
看见了那颗心宁静的表情
它在我的心上站立
让我的心接纳这一颗宁静的心
在这中间　在这个画不出的距离里

我懒得去想　三十二年来三十二年来

它是怎样一次又一次地鼓励我

将它画出来　将它画出来

画在自己的大腿上

仅供一人欣赏

三十二年来我就沉浸在三十二年里

没有出来　没有出来

海水谣

现在我这样看你

海水　现在我怕听见碧蓝的声音

海水　现在我对我内心深处

涌起的波涛已经习惯了　海水

现在　它们又要鼓励我跃入你的怀抱了

海水　我不记得我学过游泳

我不知道我在你的怀中如何动作

海水　我在我内心深处

涌起的波涛中越来越脆弱

海水　我的脆弱一如你的碧透

海水　我能看穿它

并在它的最遥远的岸边

抚摸你　海水

抚摸你的时候我不会让泪水流出来

不会让我内心真切的狂风掀起你

海水　我现在只习惯于不动声色

努力去行动的时候不留下痕迹

海水　就是最难忍耐的时候

你知道吗　海水

我就躲起来　躲在人海茫茫的大街
你不会知道　我早在上个世纪
就幻想能在人海巴黎
把所有人的脸望个稀巴烂
然后心满意足地死去　海水
可我永远也走不到那里
海水　我只能站在这里感受你
海水　感受你浑厚一如天幕的壮阔
海水　在这壮阔的深处寻找内心的海水
渴望它涌流出来　海水
渴望它奔涌出来淹没我　海水
我将在你的心中搏击
在阳光下亮堂堂地游来游去
永远忘掉或省略那些孤寂
但我不知道是谁在阻止我的奔放

海水　不知道这个世界要干什么

海水　不知道谁是你的天敌

而我爱你　我又不知道谁在阻止我的

真挚　我更加憎恨语言

更加热爱内心深处所有的东西

包括一支莫尔　一个热爱手帕的眼神儿

一个抚弄我黑发的纤指　一个回故乡的念头

一个熟悉的动作　半片将落未落的黄叶

以及某个黎明的沉默　一星黑暗中

忽闪忽闪的烟火　和一群人共同追逐的

一个爱情的微笑　海水　海水

它们如此平凡又如此深刻地进入我

我不知道它们对于这个世界有什么不好

也不知道它们对于我个人有什么关系

我执着地爱着你　海水

为了内心的一切我爱着你　海水

海水我现在这样看你

海水　我现在在流浪的土地上无所事事

海水　我现在不知道自己是在陆地

还是在你的心中　海水

叹息的尴尬处境

我刚才才看到

那个无家可归的我

我站在一根电线杆前

用手掌抚住杆面

头慢慢低下

然后　轻轻叹息

我的叹息啊

它东奔西窜

在一条一条胡同里

撞得头破血流

有一种血

它不是奔涌出来的

它在我行走的所有的道路上

在我内心所有的经历中

替我歌唱　我不知道

它是忧伤　还是悲痛

在我深陷的瞳孔里

它们轻轻地抚摸月亮

又沿着月辉抚摸大地

抚摸大街上的华灯

以及华灯下的我

和我脸颊上

挂着的　一行行泪珠

我说过我不会哭

我说过我不后悔

我甘愿走在一千个

一万个误会的土地

一任忧伤画我

一任悲痛描我

我在一千种解读法中生活

我在一万种目光中独行

我说　随便吧

我早已不知道什么是委屈

柔美的白雪

没有形体的天空

和没有骨肉的想象的世界里

究竟有没有可以触摸的石头

而你　竟然要我去寻找目的

我可怜的心和微尘般的眼睛

在拒我于千里之外的

一张张脸上能找到什么呢

那些不属于我的楼群

在昏暗的街灯中

静静地吐放着陌生的感觉

我不知道谁家的大人

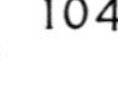

会对我轻轻一笑

也不知道溟蒙的天空

会从哪一个方向

坠下致我于非命的陨石

我　即使这世界寒冷到大地冰雪覆盖

我也坚信冰雪是美丽的

它们在我的内心深处飘舞洁白的向往

虽然它们对我的贫穷和危机四伏

无动于衷　我也仍然抱定审美的信念

望着它们　并一直望到冰消雪融

在蜂飞蝶舞的灿烂世界里

我知道我被省略的真实原因

为了那个我四处碰壁

而且死不改悔

而且顽固不化

这就使要收留我的情人们

揣着无限的情谊悄悄离去

而你　一位诗人

竟然要我去寻找目的

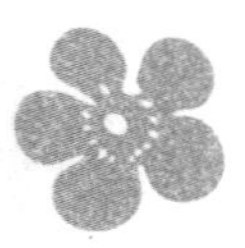

现在和后来发生的事情

春季在一张长椅上喘息

喘息想象的明天

花雨缤纷　在辽阔的土地上

覆一层梦影迷离

在你的眼睛里　裸露

并奔放出无数道光的大路

你走在上面

每一条道上都有一个你

你有无数个你

在喘息的想象里

你开始平平常常

而后更加平常

再而后是更加更加的平常

一直到平常得　特别扎眼

你的平常成为一种感觉

在失恋的季节里

你坚守着平常的装束

和不用修饰的表情

就一直走向了我

我不知道后来发生的事情

只有在朋友们谈起的时候

我才会发现

一切都来得那么特别

以至我面对它的时候

首先是无话可说

而后是无法抵赖

这样我就到了走投无路的境地了

我不知道该不该再笑一次

尤其面对饱含着我全部情感的土地

真的　我不知道

我这一笑　会不会走漏春天的消息

而春天仍在长椅上喘息

无数的孩子会在冬季为我和我的情人们

诞生　他们将奔向哪里

会在哪里的故事深处

讲述他们的父亲

以及母亲

一切都没有声音

一切都没有声音

尤其我一个人坐在这里

墙是墙　镜子是镜子

而我是我　我所知道的事情不多

明天应该去那片草坪坐坐了

后天该干什么目前还想不起来

所以桌上的日历还未翻开

钟在嘀嘀嗒嗒地迈着细碎小步

它们要走向哪里

我是否能随它们走进时间的内心

这些情况我都无法知道

更无法知道我所居住的这幢楼

究竟有多少人家

有多少人家的多少个想法

与我此时此刻的想法相同

我不知道　我不知道我的哪一句话

会深深地伤害哪一只非常物质的苹果

也不知道哪一只苹果

会同时遭到来自八方的穿击

但是苹果依然是苹果

苹果熟了就会掉下来

而风在还没有苹果的时候就已经诞生

所以人　就是风中的苹果

我意识到这个层面的时候

才刚刚开始储蓄酸楚

它们在我的心中翻来覆去地折腾

我忍无可忍

又不能不继续忍耐

在没有任何声音的地方

我可以听见自己的心

一次又一次被迫练声的响动

并且通过想象

我发现我肯定是一位明天的歌星

无望之后人人都会发现坚强

有一个无望终于离去

而爱情依然深藏在心

在我的分分秒秒

它们替我抽烟喝酒

替我喜欢庸俗的小曲

它们哼着我

用一句又一句普通的歌词

向我射击　我知道我每天要中弹

无数次　而每一次都有

流不出血的难耐

你不知道那种感觉

不知道走投无路的掘进者的神情

它是那种死不认账

是那种面对白纸黑字又决不签字的

宁死不屈　每次

每次　都这样重复着

重复着蹂躏年轻的心

我不知道怎样告诉你

一分钟一分钟

一秒钟一秒钟

它们是怎样手拉着手

欺负我　而我又是怎样

在每一分钟每一秒钟

感受　并发现

自己有多么坚强

世　界

沿着它我将走向哪里
我的爱人们　我的至死相爱的爱人们

你们使我自信我能活一千岁
你们使我看到一万年前的情景
你们使我闭上眼睛仍能历历在目地
看见我在偌大的世界深处
游不出来的情景

我的至死相爱的爱人们
我感激你们

并在我绝望以至崩溃的前夜

我说　我爱你们

并永远在你们的梦中回眸

我的至死相爱的爱人们　记住我

我回眸之中饱含着的深情

我沿着月光步入你睫毛根茎的小心翼翼

我被你们进入并被你们摇醒灵性的轻轻喘息

是永恒的

我的至死相爱的爱人啊

恨我吧　恨吧

你们使我发现我的爱情像泉水喷涌

你们使我发现我的美感千差万别

你们使我发现爱情如艺术没有穷尽的路

我永远在朝圣的土地上一起一伏

并使崭新的爱人感动

沿着它我将走向哪里

我的爱人们　我的至死相爱的爱人们

惋惜之末

你退出我的血液的最后一小时

仍然是深夜　深夜

你在某一间房屋唱歌

唱谁也听不懂

却能极其强烈地感受到

悲怆的歌　我被深深感染

而你完全不知道

不知道我是怎样向我的朋友们

描绘你的歌声　不知道

他们听了我的描绘之后

是怎样地羡慕我的耳朵

就是那只你不愿拈住它嬉戏的那只

它如今被人们视为花朵

视为白玉兰之类　可惜你不知道

你永远也不会知道

你退出我的血液之后

就成为真正的歌唱家了

日日夜夜　夜夜日日

你唱着　在我的耳池心畔

直唱到我死